(N° 323) **SUCCESSION DE M. PAUL DELARO[illegible]**

de SAINT-PÉTERSBOURG

Vente du Mardi 17 Mars 1914

HOTEL DROUOT — SALLE N° 7

N° 8 du Catalogue.

ESTAMPES ANCIENNES

Me F. LAIR DUBREUIL et CAMILLE DOUBLOT — M. LOYS DELTEIL

FRAZIER-SOYE
GRAVEUR-IMPRIMEUR
153-155-157, Rue Montmartre
PARIS

CATALOGUE

DES

ESTAMPES

ANCIENNES

faisant partie

de la

Succession de

M. PAUL DELAROFF, de Saint-Pétersbourg

Dont la vente aura lieu

à Paris, HOTEL DROUOT, Salle N° 7

Le Mardi 17 Mars 1914

à 2 heures précises

Par le Ministère de :

Mᵉ F. LAIR-DUBREUIL	Mᵉ CAMILLE DOUBLOT
6, Rue Favart	*6, Rue Saint-Georges*

Assistés de M. LOYS DELTEIL, Graveur et Expert

2, Rue des Beaux-Arts

CONDITIONS DE LA VENTE

Elle sera faite au comptant.

Les adjudicataires paieront *dix pour cent* en sus des enchères.

M. Loys Delteil remplira les commissions que voudront bien lui confier les amateurs ne pouvant y assister.

MM. les Amateurs pourront visiter la collection, 2, *rue des Beaux-Arts*, du Lundi 9 au Lundi 16 Mars 1914 *(le Dimanche excepté)*.

DÉSIGNATION

ARDELL (J. Mac)

1. La Forge, d'apr. Brouwer. Très belle épreuve.

AUDRAN (Gérard) — EDELINCK (G.)

2. Les Batailles d'Alexandre, d'apr. Ch. Le Brun. Suite complète de 7 planches en plusieurs feuilles. Exemplaire de 1er tirage, *avec* le nom de Goyton. 1 vol. in-fol., cart. (pl. pliées).

BALÉCHOU (J. J)

3. Jullienne (Jean de), d'apr. de Troy. Belle épreuve.

BARTOLOZZI (F.)

4. Ophelia, d'apr. J. Nixon. Belle épreuve, *tirée en bistre.*

5. *The Dukes of Northumberland and Suffolk praying Lady Jane Gray to accept the Crown — Shrimps!*, d'apr. W. Hogarth. — Baigneuses, d'après Cipriani. Trois pièces, (2 *tirées en sanguine).*

6. *Sampson breaking his Bands*, d'apr. J. F. Rigaud, 1799 — *Omai a Native of Ulaietea*, d'apr. N. Dance — *Design — Adam and Eve.* Quatre pièces. Belles épreuves.

BAUDOUIN (d'après P. A.)

7. Les Amants surpris — Les Amours champêtres (3 et 7). Deux pl. par Choffard, se faisant pendants. Belles épreuves (cassures).

8. Le Jardinier Galant, par Helman (25). Très belle épreuve.

BEAUVARLET (J. F.)

9. Les Couseuses, d'apr. le Guide. Très belle épreuve, *avant toute lettre*, *avec* la signature *manuscrite* du graveur.

BEHAM — PENCZ — L. de LEYDE — KRUG

10. Didon — Absalon — Loth et ses Filles — L'Adoration des Bergers, etc. Sept pl.

BERVIC (Ch. Cl.)

11. Louis Seize, d'apr. Callet. Grand in-fol. Belle épreuve *avant* les coupures à la planche.

12. L'Éducation d'Achille, d'apr. Regnault — L'Innocence, d'apr. Mérimée. Deux pièces.

BOIS ANCIENS

13. Sujets divers, 18 pl., par Ugo da Carpi, Andreani, Coriolan, Businck, etc., plusieurs tirées en camaieux.

BRUYN (Nic. de)

14. Le Paradis terrestre — St Jean prêchant — Daniel dans la fosse aux lions — La Danse de la Madeleine, etc. Sept pl., grand in-fol.

BURNET (John)

15. *Battle of Waterloo*, d'apr. Atkinson et Devis. Belle épreuve (cassure en marge).

CALLOT (J.)

16. La Tentation de St-Antoine (139) — La Chasse au cerf. Deux pl. Belles épreuves.

N° 18 du Catalogue.

CHAMBARS (Th.)

17. Forman (Hélène), d'apr. A. van Dyck. Très belle épreuve, *avant la lettre*.

COSWAY (d'après R.)

18. Mrs Duff — Lady Heathcote. Deux pièces par J. Agar. Belles épreuves, *tirées en 2 tons*, légers rehauts.

CREWE (d'après Emma)

19. *The Good Mother reading a Story*, par C. W. White, 1783. Belle épreuve, *imp. en couleurs.*

CUNINGHAM (d'après)

20. Catherine II, de Russie, par C. Townley. Très belle épreuve.

CURTIS (J.)

21. Marie-Antoinette, d'apr. Dufroe. Belle épreuve, *imp. en couleurs.*

22. La même estampe. Belle épreuve.

DAULLÉ (J.)

23. Favart (Mlle), d'apr. C. Vanloo (18). Belle épreuve.

24. Mignard (Catherine), d'apr. P. Mignard (47). Belle épreuve.

25. Rousseau (J.-B.), d'apr. Aved (71). Belle épreuve.

26. St-Simon (Claude de), d'apr. H. Rigaud (74). Très belle épreuve.

DAVID — GÉRARD — INGRES — DELAROCHE

27. Bélisaire — Homère — Mort de L. de Vinci — Ste Amélie — Jane Grey — Olivier Cromwell, etc., 10 pl. par Morel, Desnoyers, H. Dupont, Mercuri, etc., la plupart en belles épreuves.

DESNOYERS (A. Boucher)

28. La Vierge dite la Belle Jardinière — La Vierge au linge — La Visitation — La belle Jardinière de Florence, d'apr. Raphaël — La Vierge aux Rochers, d'apr. L. de Vinci. Cinq pl. Belles épreuves.

29. Napoléon le Grand, d'apr. F. Gérard. Belle épreuve, *avec* le cachet des Ptolémée.

DESPLACES (L.)

30. Mlle Duclos, d'apr. N. de Largillierre. Bonne épreuve.

DORÉ (Gustave)

31. *Les Différents publics de Paris*, frontispice et 20 pl. en cahier. — On y a joint 23 *dessins* à la mine de plomb, d'apr. G. Doré.

DREVET (Pierre)

32. Boileau-Despreaux (Nic.), d'apr. H. Rigaud (D. 24). Belle épreuve.

33. Cotte (Robert de), d'apr. H. Rigaud (34). Très belle épreuve, *avant* le mot : Architecte.

34. Louis XIV en pied, d'après H. Rigaud (55). Belle épreuve.

35. Lillienstadt (J. P. à), d'après Schild (89). Belle épreuve.

36. Mitantier (J. M.), d'apr. N. de Largillierre (95). Epreuve du 2e état (sur 5). On y a joint une copie anonyme en contre-partie, soit deux pièces.

37. Motteville (Hélène Lambert, Mme de), d'apr. N. de Largillierre (98). Belle épreuve du 2e état (sur 3).

38. Rigaud (Hyacinthe), d'apr. lui-même (112). Très belle et très rare épreuve du 1er état, *avant toute lettre.*

39. Girardon (Fr.), d'apr. Vivien (69) — Lambert de Thorigny (Mme), d'apr. N. de Largillierre — Louis XV conduit au Temple de la Gloire, d'apr. Coypel. Trois pièces. Bonnes épreuves.

DREVET (P. I.)

40. Bernard (Samuel), d'apr. H. Rigaud (11). Très belle épreuve, *avant* les mots : Conseiller d'Etat.

41. Bossuet (J.-B.), d'après H. Rigaud (12). Belle épreuve.

42. Le Couvreur (Adrienne), d'après Coypel (24). Bonne épreuve, *avec* la faute.

DREVET (Claude)

43. Osvald (H.) — Vintimille (Guill. de). Deux pl. d'apr. H. Rigaud. Bonnes épreuves.

DREVET (P. I.) — MASSON (Ant.)

44. Bernard (Samuel), d'après H. Rigaud — Brisacier (Guill. de), d'apr. N. Mignard. Deux pièces manquant un peu de conservation.

DUJARDIN (Karel)

45. De Vos (B. 52). Très belle épreuve sur *papier à la folie.*

DURER (Alb.)

46. L'Effet de la Jalousie (73). Epreuve manquant de conservation.

47. Le Petit Cheval (B. 96). Bonne épreuve.

48. Frédéric de Saxe — St Hubert — Adoration des Mages — La Vision des sept Chandeliers, etc. Cinq pl. (une mal conservée).

DYCK (Ant. Van)

49. Snellincx (J.), 2e pl. — Paul de Vos. Deux pièces. Belles épreuves (la 1re *avant* le nom du graveur).

EARLOM (Richard)

50. *A Fruit Market — A Herb Market — A Game Market.* Trois pl. (d'une suite de 4), d'apr. Snyders et Long John. Belles épreuves.

50 *bis*. *A Flower Piece — A Fruit Piece*. Deux pl. par Earlom, se faisant pendants. Epreuves de tirage postérieur, *imp. en couleurs* (manquent un peu de conservation). 510

51. *An Iron Forge*, d'apr. Wright, 1773. Très belle épreuve. 131

52. *A Blacksmith's Shop*, d'apr. Wright, 1771. Belle épreuve.

53. Chasse au Tigre, d'apr. Zoffany. Belle épreuve, *avant la lettre*.

EDELINCK (Gérard)

54. Le Déluge, d'apr. A. Véronèse (R. D. 1) — Moïse, d'apr. Ph. de Champaigne (2) — Ste Famille, d'apr. Raphaël (4) — Ste Famille, d'apr. Ch. Le Brun (8) — Ste Madeleine, d'apr. Ch. Le Brun (32) — Combat de quatre Cavaliers, d'apr. L. de Vinci (44). Six pièces.

55. Bourgogne (Louis, Duc de), d'apr. de Troy (158) — Berry (Ch. Duc de) (147). Deux pièces. Belles épreuves.

56. Champaigne (Ph. de), d'apr. lui-même (164). Très belle épreuve, *avant* le trait échappé.

57. Dilgerus (Nathanael) (185). Belle épreuve. Rare.

58. Le Brun (Ch.), d'apr. N. de Largillierre (238) — Rigaud (H.), d'apr. lui-même (303). Deux pièces. Belles épreuves.

59. Louis XIV, d'apr. Ch. Le Brun (260), grande pl. pour une thèse de J. B. Colbert de Croissy. Belle épreuve.

60. Mouton (Charles), d'apr. De Troy (281). Très belle épreuve, avec la pl. accessoire.

61. Champaigne (Ph. de), d'apr. lui-même (164) — Parent (J. C.) (287) — Perrault (Claude) (293, 1er état) — Leonard (F.) d'apr. H. Rigaud — Desjardins (Bogaert) — Carcavy (P. de). Six pl. (plusieurs manquent de conservation).

FITTLER et LERPINIERE

62. Défense de Gibraltar — État malheureux de Québec et de la Surveillante, 6 oct. 1779 — Le Thisbé. Trois pl. in-fol ; d'apr. R. Paton.

FRAGONARD, EISEN et COYPEL (d'apr.)

63. La Fuite à dessein, par Macret et Couché — L'Après-Midy, par de Longueil — Jeux d'Enfans, par Lépicié. Trois pièces. Bonnes épreuves.

GAILLARD (R.)

64. Galitzine (P^sse de), d'apr. Vanloo. Très belle épreuve. Rare.

GAILLARD (C. F.)

65. La Tête de cire, du Musée de Lille (36). Très belle épreuve, *avant la lettre*, sur chine.

GAINSBOROUGH (d'apr. Th.)

66. *Charity sympathizing with Distress*, par Harradew. Bonne épreuve, *coloriée*.

GOLTZIUS (H.)

67. Le Fils de Théodore Frisius, ou l'Enfant au chien (190). Très belle épreuve. Rare.

68. Marcus Curtius — Mars et Vénus — La Nativité — Ste Famille — Apollon. Cinq pl. Belles épreuves.

N° 38 du Catalogue.

GOYA (F.)

69. Les Caprices (P. L. 1-80). Suite complète de 80 pl. (tirage de 1806-1807). Très belles épreuves.

70. La Tauromachie (83-115). Suite complète de 33 planches, avec la table typographique. Très belles épreuves du 1er tirage (avec le filigrane Serra) en 1 alb. in-fol. obl. cart. On y a joint un double de la pl. 29.

71. Les Malheurs de la Guerre (145-224). Suite complète de 80 pl., tirage de 1863. Belles épreuves avec la lettre, en 1 alb, in-4° obl. cart.

GOYA (F.) — TIEPOLO (D.)

72. Guzman (G. de) — Isabelle de Bourbon — Philippe IV — Sujets religieux. Huit pièces, (quelques-unes manquent de conservation).

GREEN (V.)

73. Eleaonor Gwynn, d'apr. P. Leley, 1777. Belle épreuve.

GREEN (V.) — GRAVES (R.)

74. *Astrea instructing Arthegal*, d'apr. Maria Cosway, épr. à *la lettre grise* — Lord Byron — Miravaw, d'apr. Wright.

GREUZE (d'après J.-B.)

75. La Cruche cassée, par J. Massard. Belle épreuve.

76. La Dame bienfaisante, par Massard. Belle épreuve, *signée* au verso par les artistes.

HOGARTH (William)

77. *Œuvre de William Hogarth* : Portraits du Maître — The Stages of cauelty — Les Aventures d'une Fille publique — Aventures d'un Fils prodigue — Les

Heures du Jour — Charges sur les Coiffures — Le Mariage à la Mode (par Baron et Ravenet) — Industry and Idleness — Caricatures politiques — Rébus, etc. Réunion de cent-dix pièces. Belles épreuves.

HOIN (d'apr. Cl.)

78. Le Prélude Amoureux, par De Monchy. Très belle épreuve.

HOOGSTRATEN (Samuel Van)

79. La Présentation au Temple; dans le haut de la planche un paysage. Eau-forte demeurée *inconnue* à Rovinski. Très belle épreuve. Très rare.

HOPPNER (d'après J.)

80. *His Royal Highness the Duke of York*, par Hodges. Belle épreuve, (manque un peu de conservation).

ISABEY d'après (J.-B.)

81. Mlle Bigottini, par Weiss. Belle épreuve, *avant* la lettre.

JEGHER (Christ.)

82. Hercule tuant Cacus, d'apr. Rubens. Très belle épreuve.

JONES (J.)

83. *Ballad Singers*, d'apr. J. Rising, 1798. Belle épreuve, *tirée en plusieurs tons* et rehaussée.

JORDAENS et VAN DYCK (d'après)

84. Sujets divers et portraits, 32 pl. par Pontius, Vorsterman, de Jode, etc.

KAUFFMAN (d'après Angélica)

85. Sujets gracieux, 2 pl. par Bettelini, se faisant pendants. Belles épreuves, *avant la lettre*, tirées en bistre.

KLAUBER (J. S.)

86. La Femme de F. Mieris, d'apr. F. Mieris. Deux belles épreuves *avant la lettre* (une *avant* le fleuron).

LANCRET (d'après N.)

87. Le Théâtre Italien, par G. F. Schmidt. Très belle épreuve.

LA TOUR (d'apr. M. Q. de)

88. La Tour (M. Q. de), au chevalet, d'apr. lui-même, par Schmidt. Très belle épreuve.

89. La Tour (M. Q. de), à une fenêtre, d'apr. lui-même, par Schmidt. Très belle épreuve.

LAVREINCE (d'après Nicolas)

90. Qu'en dit l'Abbé, par N. de Launay (51). Très belle épreuve, *avant* la dédicace.

LOUIS XVI (Estampes relatives à)

91. *The Pious Family Ascending to Glory* — L'Heureuse Réunion. Trois pièces, gr. in-fol. par Bartolozzi et Schiavonetti, une à *l'état d'eau-forte* — Le Roi, la Reine et le Pce Royal de France. Ensemble 4 pièces.

LOUYS (J.)

92. Autriche (Anne d'), d'apr. Rubens. Très belle épreuve, *avant le n°*.

MANIÈRES NOIRES

93. Vénus sur les Eaux, par Earlom, d'apr. L. Giordano — Esaü et Jacob, par C. Phillips, d'apr. Ribera — Pyrame et Thisbé, par Green, d'apr. A. Kauffmann — Les Compteurs d'or, par Earlom, d'apr. Matsis, 4 pl., *avant la lettre*.

N° 79 du Catalogue.

94. *A Concert of Birds — The Golden Age — A Philosopher shawing and Experiment...*, etc., 10 pl., par V. Green, Earlom, Mac Ardell, etc. (plusieurs manquent de conservation).

MARIESCHI (Michel)

95. Vue de Venise, frontispice et 20 pl. Belles épreuves.

MASSARD (R. U.)

96. Louis XVIII, d'apr. le Bon Gérard. Grand in-fol. Belle épreuve.

MASSON (Ant.)

97. Cureau de la Chambre (Marin), d'apr. P. Mignard (24). Belle épreuve du 1er état.

98. Harcourt (H. de Lorraine, Cte d'), d'apr. N. Mignard (34). Très belle épreuve, *avant* le chiffre 4 (doublée, cassure).

MORGHEN (R.)

99. La Famille de Holstein-Beck, d'apr. A. Kauffmann. Belle épreuve.

100. Moncade (Fr. de), d'apr. Van Dyck. Belle épreuve (piquée).

101. La Transfiguration, d'apr. Raphaël. Belle épreuve.

102. *Mater pulcrae dilectionis*, d'apr. Raphaël — Apollon et les Muses, d'apr. Mengs. Deux pièces.

MULLER (Frédéric)

103. La Madone de St Sixte, d'apr. Raphaël. Deux épreuves (une à *la lettre grise*). Manquent de conservation.

MULLER (J. G.)

104. Louis Seize, d'apr. Duplessis. Belle épreuve (la bordure restaurée).

NANTEUIL (Robert)

105. Bellièvre (Pompone de), d'apr. Ch. Le Brun (37). Très belle épreuve.

106. Chaulnes (Ch. d'Albert d'Ailly, Duc de) (65). Très belle épreuve du 1er état, sans marge (l'angle inférieur gauche restauré).

107. Estrées (César d') (92). Belle épreuve.

108. Fouquet (Nic.) (98). Très belle épreuve (petite tache).

109. Lamoignon (Guill. de) (120). Très belle épreuve.

110. Le Masle (Mich.) (126). Belle épreuve du 1er état.

111. Péréfixe de Beaumont (H. de). Belle épreuve du 1er état (doublée).

112. Le Tellier (Mich.) Grand in-fol., pl. non décrite par R. Dumesnil, mais signalée par G. Duplessis. Belle épreuve.

113. Boucherat (Louis) (app. 2). Très belle épreuve du 1er état (sans marge).

114. Fronteau (J.) (99, 1er état) — Guébriant (Cte de) (104) — Hesselin (109) — Séguier de St-Brisson (224). Quatre pièces. Bonnes épreuves.

115. Longueville (H. d'Orléans, duc de) — Mazarin — Phelypeaux de La Vrillière — Christine de Suède, etc. Cinq pièces.

NAPOLÉON Ier (Estampes relatives à)

116. Napoléon Ier. Huit pièces par Fiesinger, Longhi, Calametta, A. Gibert, Morghen, J. G. Muller (Pce Jérôme), etc. (une *non terminée*). Belles épreuves.

NORTHCOTE (d'après James)

117. Sir Fr. Burdett, par W. Sharp, 1811 — Vulture et Snake, par S. W. Reynolds. Deux pièces.

OPIE (d'après)

118. *A School*, par V. Green, 1785. Belle épreuve, à la *lettre grise* (épidermures restaurées).

OSTADE (d'après A. Van)

119. Sujets divers, 20 pl. par Ostade, Visscher, Suyderhoëf, etc.

PANNINI (d'après)

120. Ruines antiques, 2 pl. par F. Vivarès (1775), se faisant pendants. Très belles épreuves — *The Morning*, par Vivarès, d'apr. Cl. Lorrain, soit 3 pl.

PETERS (d'apr. W.)

121. *Much ado about nothing*, par P. Simon, 1790. Belle épreuve.

PETIT (G. E.) — BALÉCHOU (J.)

122. Rohan (Arm. J. Pce de), d'apr. H. Rigaud — Grillot (J. G.), d'apr. Autreau.

PIRANESI (Fr.)

123. Vues de Rome et vues diverses, 65 pl. en majorité de format grand in-fol., la plupart en belles épreuves.

POUSSIN (d'apr. N.)

124. La Danse des Heures, par R. Morghen — Le Temps enlevant la Vérité, par G. Audran — Eliézer et Rebecca, par Boucher-Desnoyers — Repos de la Ste-Famille, par R. Morghen — Moyse, par Anderloni. Cinq pl. Belles épreuves

PORTRAITS

125-130. Portraits anciens et modernes. France, Russie, Espagne, Hollande, etc.

PRUDHON (d'après P. P.)

131. Constitution Française, par Copia. Très belle épreuve.

REMBRANDT van RIJN

132. Rembrandt et sa femme (B. 19) épr. légèrement rognée — Le Philosophe en méditation (105). Deux pièces.

133. Jésus chassant les vendeurs du Temple (60). Belle épreuve.

134. L'Ecce Homo (77). Bonne épreuve, *avant* l'adresse.

135. Utenbogaerd, ou le Peseur d'Or (281). Belle épreuve, *avant* les dernières retouches.

N° 90 du Catalogue.

136. Vieille Femme assise (343). Belle épreuve, *avant* que la planche n'ait été coupée en ovale.

137. Vieille Femme assise (344). Belle épreuve.

138. La Présentation au Temple — Fuite en Egypte (passage de l'eau) — Jésus en Croix — Vieille Femme coiffée à l'orientale, etc. Sept pièces.

REMBRANDT (d'après)

139. Suzanne et les Vieillards, par Earlom, 1769. Belle épreuve, *avant la lettre* — David et Bethsabée, par Moreau le jeune. Deux pièces.

140. *Rembrandt's Wife*, par R. Earlom, 1777. Très belle épreuve.

141. *A Lady Reading*, par R. Earlom, 1775. Tres belle épreuve.

142. Rembrandt, d'apr. lui-même, par R. Earlom. Belle épreuve (frottée).

143. L'Homme tenant un couteau, par R. Houston. Très belle épreuve.

144. Sujets divers et portraits, 20 pl. par et d'apr. Rembrandt.

REYNOLDS (d'apr. Sir Joshua)

145. Abington (Mrs), par Watson. Épreuve manquant de conservation.

146. Sir William Chambers, par V. Green, 1790. Belle épreuve.

RIBERA (J.)

147. St Jérôme (2 épreuves) — St Pierre — Martyre de St Barthelemy — Silène (copie). Cinq pièces. Bonnes épreuves.

ROULLET (J. L.)

148. Lully (J.-B.), d'apr. Paul Mignard. Très belle épreuve.

RUBENS (d'après P. P.)

149. Partie de l'œuvre de P. P. Rubens, Réunion de 60 pl. par Pontius, Vorstermann, Bolswert, Suyderhoef, Visscher, Fessard, etc.

RUISDAEL (Jacob)

150. Le petit Pont (B. 1) — Les deux Paysans et leur chien (2) — La Chaumière au sommet de la colline (3). Trois pl. Bonnes épreuves.

SANZIO (d'après Raphaël)

151. Sujets religieux — Portraits — Allégories. Soixante pl. anc. et mod.

SCHMIDT (G. F.)

152. Schmidt, par lui-même, 2 pts diff. — Mme Schmidt, 2 pts diff. Quatre pièces. Très belles épreuves.

153. Esterhasi (Nic.), d'apr. L. Tocqué. Très belle épreuve.

154. Grapendorf (B^nne^ de), d'apr. Le Sueur. Belle et rare épreuve, *avant* les noms des artistes.

155. Mignard (Pierre), d'apr. H. Rigaud. Très belle épreuve.

156. Pesne (Ant.), d'apr. lui-même. Très belle épreuve.

157. Portraits — Sujets divers — Têtes de fantaisie. Soixante pl., la plupart en belles épreuves.

SCHMUZER (J.)

158. François Ier, Emp. d'Autriche, d'apr. Liotard — Kaunitz (P^ce^ de), d'apr. Steiner. — Dietricy, d'apr. lui-même. Trois pièces.

SINGLETON (d'après H.)

159. *The Highland Piper*, par C. Turner, 1799. Belle épreuve, *tirée en plusieurs tons* et rehaussée.

STRANGE (Robert)

160. Sujets religieux et mythologiques — Allégories. Vingt pl. d'apr. G. René, le Parmesan, Raphaël, Poussin, Titien, etc., la plupart en belles épreuves.

STUBBS (d'après G.)

161. *Shooting*, pl. 1 et 4, soit deux pl. par W. Woollett. Belles épreuves.

162. *The Lion and Horse*, par B. Green, 1769. Très belle épreuve.

TÉNIERS (d'apr. D.)

163. Fêtes Flamandes, 5 pl. gr. in-fol., par Le Bas.

TISCHBEIN (d'après)

164. La Tendre Mère (la Femme du Graveur), par J. G. Muller. Très belle épreuve.

VANLOO (d'apr. C.)

165. La Confidence, par J. Beauvarlet. Très belle épreuve, *avant toute lettre, avec* la signature *manuscrite* du graveur.

VISSCHER (Corneille)

166. Junius (Robert), 2 portraits diff. — Scriverius (P.). Trois pièces. Belles épreuves.

167. Les Princes de Hollande, titre et 21 pl. (sur 38). Belles épreuves — Vondel, soit 23 pl.

WATTEAU (d'après Ant.)

168. La Colation, par Moyreau (118). Épreuve à *l'état d'eau-forte*.

169. Le Conteur, par C. N. Cochin (120). Très rare épreuve à *l'état d'eau-forte*.

WEST (d'apr. B.)

170. *King Charles the 2nd Landing on the Beach at Dover — The Death of General Wolfe*. Deux pl. par W. Sharp et W. Woolett. Belles épreuves.

171. *Daniel interpreting to Belshazzar Writing on the Wall — Agrippina Lands at Brundlesium...*, Bayard, etc. Six pl., par V. Green et Earlom.

WILKIÉ (d'apr. D.)

172. *The Blind-Man's Buff — The Blind Fiddler*. Deux pl. par Raimbach et Burnet, se faisant pensants. Belles épreuves, *avant la lettre*, sur chine.

N° 105 du Catalogue.

WILLE (J. G.)

173. Wille (J. G.), par Muller, d'apr. Greuze. Très belle épreuve. — Massé (J. B.), d'apr. L. Tocqué — Louis, Dauphin de France. Trois pièces.

174. Boullongne (J. de), d'apr. H. Rigaud (126). Très belle épreuve.

175. Gouy (Elisabeth de), d'apr. H. Rigaud. Belle épreuve.

176. Maurice de Saxe, d'apr. H. Rigaud (121). Très belle épreuve du 1er état, *avant la lettre.*

177. La Liseuse — Tricoteuse hollandoise — Gazetière hollandoise — La Cuisinière hollandoise — Maîtresse d'école. Cinq pl. d'apr. G. Dow, Terburg, Metsu, Mieris et P. A. Wille. Belles épreuves.

178. Repos de la Vierge, d'apr. Dietricy — Les Musiciens ambulants, d'apr. le même. Deux pièces. Belles épreuves.

179. Sujets divers. Huit pièces, d'apr. Wille fils, Battoni, Dietricy (une *avant* la lettre).

WILLE FILS (d'apr. P. A.)

180. Les Soins Maternels — Les Délices Maternelles. Deux pl. par J. G. Wille, se faisant pendants. Belles épreuves.

181. Les Soins Maternels, par J. G. Wille. Très belle épreuve, *avant la dédicace.*

WOOLLETT, MASON, CANOT

182. Vues de Kew, Coombank, etc. — Paysages, d'apr. Wilson, Kirby, etc. Seize pièces. Bonnes épreuves.

ZOFFANY — WHEATLEY — EARLOM

183. *Mr Garrick and Mrs Gibber in the Characters of Jaffier and Belvidera*, par Mac Ardell — Thaïs, par Watson — *The Interview of Augustus and Cleopatra*, d'apr. Mengs. Trois pièces.

184. Sous ce numéro, il sera vendu par lots, environ deux mille estampes anciennes et modernes, portraits, sujets divers, vues et paysages.

RED. : 20

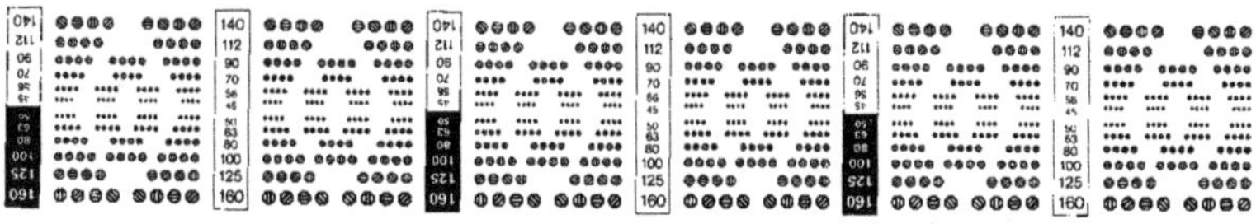

0 1 2 3 4 5 6 7 8 9 10

www.ingramcontent.com/pod-product-compliance
Ingram Content Group UK Ltd.
Pitfield, Milton Keynes, MK11 3LW, UK
UKHW021033260726
13994UKWH00005B/2129

9 782329 393254